FUCK YOU 2020!

arsEdition

Liebes 2020,

als ich gesagt habe,
»Kann eigentlich nicht
mehr schlimmer werden«,
war das keine indirekte
Aufforderung an dich.

DAS JAHR IN 3 WORTEN:

WHAT THE FUCK?

WAS HAUSTIERE
DENKEN, WENN DU IN
QUARANTÄNE BIST:

SPORT 2020:

Zurückrennen, weil man die Maske vergessen hat.

HÄTTE NIE GEDACHT,
DASS ICH MAL MIT MASKE

WAS HAT ES MIT DIESER LÜCKE IN IHREM LEBENSLAUF 2020 AUF SICH?

Da war ich Hände waschen.

EIGENTLICH HATTE
ICH DIESES JAHR
VIEL VOR.

JETZT HABE ICH
NÄCHSTES JAHR
VIEL VOR.

2020

★★★★★

Totaler Scheiß.
Kann ich nicht empfehlen.

Womit der Hipster 2020
nicht gerechnet hat:

Bart + Maske sieht
einfach sch*ße aus.

Drei Dinge,
die ich aus 2020
mitgenommen
habe:

1. Gewicht
2. –
3. –

Er liebt mich sooooo sehr, dass er seinen Job gekündigt hat, nur, damit wir jetzt immer zusammen sind.
Ich wusste, sie würden diesen Idioten irgendwann feuern.

2020

DAS JAHR,
IN DEM MEINE HÄNDE
MEHR ALKOHOL
ABBEKOMMEN HABEN
ALS MEINE LEBER.

ein Jahresplaner 2020.

Was Hamsterkäufe über eine Nation verraten:

USA: Waffen
Frankreich: Rotwein
Schottland: Whisky
Deutschland: Klopapier

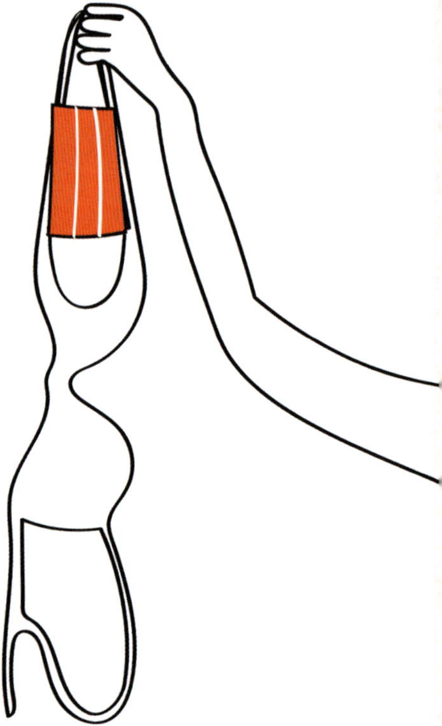

»Maske runter, wenn man nach dem Einkaufen wieder ins Auto steigt« ist das neue »BH ausziehen, wenn man wieder zu Hause ist«.

ICH HABE IN JEDES ZIMMER ZWEI DRINKS GESTELLT. HEUTE ABEND MACHE ICH EINE KNEIPENTOUR!

Es gibt Jahre,
da hat einfach jemand
in die Konfetti-Kanone
geschissen.

KANN MAN BITTE
DAS JAHR 2020
DEINSTALLIEREN
UND NEU STARTEN?
ICH GLAUBE, ES
HAT EINEN VIRUS.

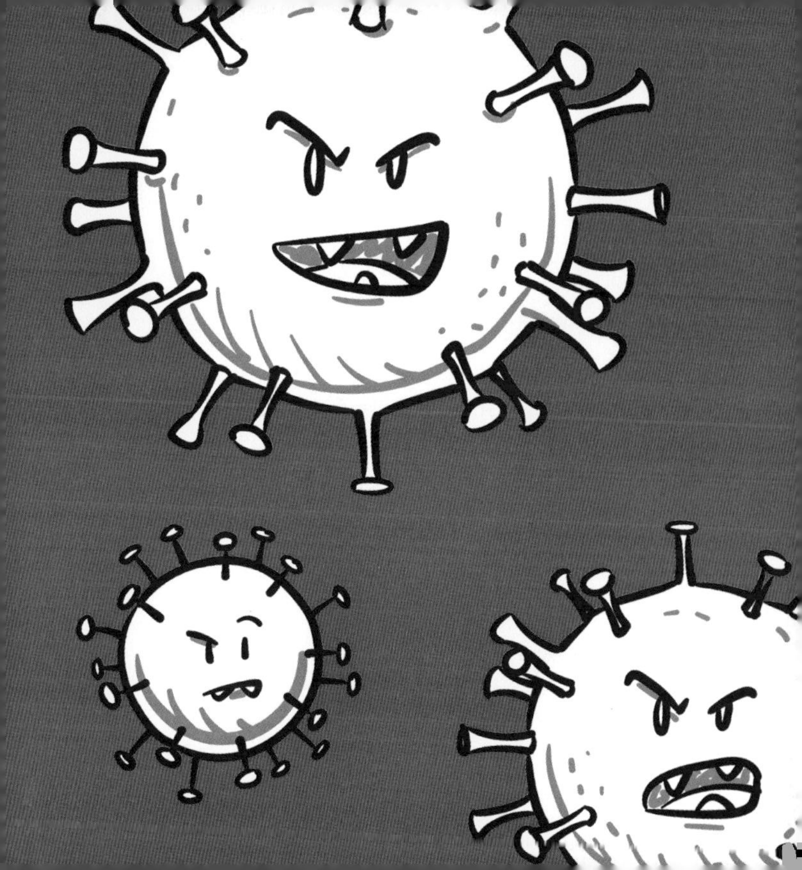

WENN ICH SEHE, WIE MANCHE IHRE MASKE TRAGEN,
WIRD MIR KLAR, WIE BEI VER-HÜTUNG SO VIEL SCHIEFGEHEN KANN.

Dear 2020,
I hope you step
on a Lego!!!

IN EINE BANK ZUM GELD-
ABHEBEN GEHEN WÜRDE.

Ich wollte dieses Jahr
5 Kilo abnehmen.

Fehlen nur noch 13.

The year when shit got real.

Meine sinnloseste
Anschaffung ever:

2020

Ich habe es schließlich nicht benutzt.

WENN MICH JEMAND NACH MEINEM ALTER FRAGT, ZÄHLE ICH DIESES JAHR EINFACH NICHT MIT.

Gestaltung Cover und Innenteil: Grafisches Atelier, arsEdition GmbH

Bildnachweise:
Cover: Susurrus / Shutterstock.com; Free Life Design / Shutterstock.com (Hintergrund). Innenteil: alle Bilder www.Shutterstock.com: S. 1, 44: Susurrus; S. 2: Halcja; S. 5: Earlymorningproject; S. 8: Vikks; S. 11: Zoran Milic; S. 12: Zdenek Sasek; S. 14: Devita ayu silvianingtyas; S. 19: ArtMari; S. 21: greiss design; S. 22/23: Daniela Barreto; S. 25: Sudowoodo; S. 26: Pranch; S. 29: Nadiiiya; S. 31: selivanoff1986; S. 35: Alina Kay; S. 37: Martyshova Maria (Hund), lineartestpilot (Katze, Denkblase); S. 39: Fox Biz; S. 41: Feelipp; S. 43: StockAppeal; S. 46: hombre. Hintergründe: Free Life Design / Shutterstock.com.

FSC® www.fsc.org MIX Papier aus verantwortungsvollen Quellen FSC® C002795

ISBN 978-3-8458-4525-8
2. Auflage
www.arsedition.de

MERRY CRISIS
AND A HAPPY
NEW FEAR!